Basische Ernährung

Tipps und Trick für den Alltag inklusive Rezepte

Inhaltsverzeichnis

Einleitung

In den letzten Jahren ist das Bewusstsein für eine gesunde Ernährung enorm gestiegen. Es gibt unzählige Theorien und Ernährungsweisen, die einen gesunden Lebensstil unterstützen. Immer mehr wissenschaftliche Studien über die verschiedenen Ernährungsweise werden durchgeführt und es gibt eine Vielzahl von Möglichkeiten sich gesund zu ernähren und die Lebensqualität zu maximieren. Die Lebensmittelindustrie reagiert darauf, indem es immer mehr gesunde Lebensmittel auch in Discounter Lebensmittelläden gibt. Es ist also nicht mehr aufwändig oder anstrengend sich gesund zu ernähren. In unserer westlichen Gesellschaft ist das Thema „gesunde Ernährung“ mittlerweile fest etabliert und die fraglichen Produkte mit minderer Qualität der Massenproduktion stehen immer mehr in der Kritik. Wir haben in der westlichen Welt ein unglaubliches Überangebot von Lebensmitteln, dass uns die Möglichkeit gibt und zwischen all den gesunden Lebensstilen den für uns passenden auszusuchen. Viele Menschen beschäftigen sich mit der Aussagekraft von Bio-Siegeln, mit genmanipulierten Lebensmitteln, fair gehandelten Produkten, regional hergestellten Produkten, Zusatzstoffen in Lebensmitteln, die Vermeidung von Verpackungsmüll, eine ökologisch nachhaltige Landwirtschaft und die massiven Auswirkungen der Ernährung auf unseren Körper und unsere Psyche.

Bedingt durch die Evolution ist der Mensch ein Allesfresser, was uns das Überleben gesichert hat. Wer aus einer großen Masse an verschiedenen Lebensmitteln auswählen kann, hat gute Chancen seine Rasse auf dieser Welt zu etablieren und auszubreiten. Allerdings ist immer noch nicht restlos geklärt, was die für den Menschen perfekte Ernährungsweise ausmacht. Der menschliche Körper und die Stoffwechselprozesse sind so unglaublich komplex und von Mensch zu Mensch verschieden, dass keine exakt einheitlichen Angaben gemacht werden können. Allerdings ist man sich darüber einig, dass die zunehmende Anzahl an Umweltgiften, die Umstellung der Lebensweise zu mehr Stress und Druck und die wachsende Fülle an zuckerhaltigen Lebensmittel für den Mensch stark schädigend ist. Auch die zunehmende Verfügbarkeit von stark raffinierten und zuckerhaltigen Lebensmitteln führt zu einer Vielzahl von negativen Effekten auf den menschlichen Organismus. Die zunehmende

Bereitschaft und Forderungen durch den Arbeitsalltag haben die Zeit für frisch zubereitete Speisen und eine ausgewogene natürliche Ernährung minimiert, weswegen viele Menschen auf Fertigprodukte zurück greifen. Die Zusatzstoffe und der hohe Zuckeranteil sorgt bei vielen Menschen für eine Übersäuerung des Körpers. Die Übersäuerung des Körpers basiert auf einem unausgewogenen PH-Wert im Körper. Dies ist mit ein Grund, warum die Basische Ernährung immer mehr zum Trend wird. Die Basische Ernährung versorgt den Körper im Gegensatz zu stark übersäuerten Fertigprodukten mit stark basischen Lebensmittel, die den PH-Wert des Menschen wieder neutralisieren und für ein gesundes Milieu im Körper sorgen. Somit können Folgen einer langanhaltenden Übersäuerung entgegen gewirkt werden und Krankheiten vorgebeugt.

In diesem Buch wirst du alle Grundlagen der Basischen Ernährung kennen lernen: Wie sie wirkt, warum sie wirkt und welche Nahrungsmittel basisch sind. Welchen Einfluss hat die Basische Ernährungsweise auf den Körper, warum werden wir durch die Basische Ernährung gesünder? Die Antworten, viele praktische Tipps für den Alltag und basische Rezepte findest du in diesem Buch, damit du die Basische

Ernährung problemlos und aufwandfrei in dein Leben integrieren kannst.

Kapitel 1: Die Geschichte und Grundlage der Basischen Ernährung

Eine stark Säurebildende Ernährung schafft ein für Krankheiten wie Krebs ideales Milieu. Verstopfte Blutgefäße, Bluthochdruck und Schlaganfälle können die Folgen sein. Durch verstopfte Blutgefäße in den Augen kann es zu geplatzten Äderchen im Auge und zu einer Verschlechterung der Sehleistung kommen. Säuren, die sich im Haarboden einnisten, können Haarausfall verursachen. Zusätzlich wird durch eine Übersäuerung des Körpers Fett angesetzt, da Fettzellen Schlacken einlagern zum Schutz vor Übersäuerung. Eine langanhaltende Übersäuerung hat negative Auswirkungen auf alle Organe des Körpers, da sie nicht mehr ausreichend mit Nährstoffen versorgt werden können. Auch Nieren-, Blasen- und Gallensteine können eine weitere negative Folge sein, sowie Gicht, Altersflecken, Cellulite, faltige Haut, Arthritis und Rheuma. Bakterien und Pilze fühlen sich in einem übersäuerten Körper sehr wohl und können sich wunderbar vermehren – mit verheerenden Folgen für uns. Erkältungen, grippale Infekte, Allergien, Migräne,

Kopfschmerzen, Entzündungen und Hautausschläge werden begünstigt.

Die Geschichte der Basischen Ernährung

Die Vorteile der Basischen Ernährung werden schon seit dem Jahr 1910 propagiert. Bis jetzt wurden die positiven Effekte auf den Körper jedoch nicht wissenschaftlich bewiesen. Der amerikanische Arzt Dr. Howard Hay begann Lebensmittel nach den Kategorien PH-neutral, basisch und sauer zu ordnen. Die sauren Lebensmittel sollten im Ernährungsplan möglichst nicht vorkommen, da diese zu einer Übersäuerung des Körpers beitragen und das Säure-Basen-Gleichgewicht aus der Balance gerät. Säuren werden in Form von Schlacken im Körper angesammelt, die nicht mehr ohne weiteres ausgeschieden werden können und somit den Körper langsam vergiften. Die Folge dessen können Burn Out, Migräne, chronische Erschöpfungszustände, Arthritis, Rückenschmerzen, Rheuma, Gicht, Herz-Kreislauf-Erkrankungen, Krebs, Neurodermitis und Osteoporose sein. Generell sollte eine Basische Ernährung aus zwei Dritteln Base bildenden Lebensmittel und aus einem Drittel Säure bildenden

Lebensmittel bestehen, um im Körper ein gesundes Säure-Basen-Gleichgewicht aufrechtzuerhalten und eine schädliche Übersäuerung zu vermeiden.

Der niederländische Arzt Franz de le Boe behandelte seine Patienten schon im 17. Jahrhundert auf der Basis von Säuren und Laugen. So wollte er eine Harmonisierung der Körpersäfte erreichen. Dieser Ansatz wurde unter anderem von dem amerikanischen Arzt Dr. Howard Hay und Otto Warburg aufgegriffen. Auch der österreichische Arzt Franz Xaver Mayr war ein Befürworter der Basischen Ernährungsweise, da er der Meinung war, dass ein zu saures Milieu im Körper die Ausbreitung und Entstehung von Krebszellen begünstigt. Er konzipierte die „Mayr-Kur“, die heute nicht mehr empfohlen wird und prägte den Satz „Die Säure ist das Zellgift schlechthin“. Der schwedische Biochemiker Ragnar Berg kam durch seine Forschungen zu dem Fazit, dass eine langanhaltende Übersäuerung des Körpers zum Säuretod führen kann. Auch der Arzt Ernst Leopold Salkowski kam durch seine Forschungen zu diesem Ergebnis. Im Jahr 1927 veröffentlichte der amerikanische Arzt Alfred McCann das Buch „Kultursiechtum und Säuretod“, dass die Folgen einer Übersäuerung des Körpers aufgrund säurehaltiger Lebensmittel behandelt. Es gibt also jahrhundertelange Forschung über die Basische Ernährungsweise, aber keine aktuellen modernen Forschungsergebnisse, die die positive Wirkungsweise bestätigen.

Alles auf diesem Planeten hat einen PH-Wert. Dieser Wert gibt an, ob es etwas eine Säure oder eine Base ist. Der PH-Wert reicht von 0-14, dabei zeigt ein Wert von 0-6,9 eine Säure an und alles von 7-14 zeigt eine Base an. Reines Wasser ist PH-neutral und hat einen Wert von 7.

Auch im menschlichen Körper hat einen PH-Wert, allerdings ist dieser nicht in allen Körperregionen gleich. Beispielsweise herrscht im Magen ein saures Milieu vor, um die dort eintreffenden Lebensmittel zu zersetzen. Die zersetzten Lebensmittel gelangen von dort dann in den Darm, wo ein basisches Milieu vorherrscht. Symptome wie Sodbrennen zeigen beispielsweise eine Übersäuerung des Magens an. Die Nieren und Lungen senden im Falle einer Übersäuerung Stoffe aus, um den Säure-Basen-Haushalt wieder ins Gleichgewicht zu bringen.

Das Ziel der Basischen Ernährungsweise ist nicht primär die Gewichtsreduktion, aber in den allermeisten Fällen ist eine Gewichtsreduktion ein positiver Nebeneffekt der Basischen Ernährung. Das Hauptziel der

Basischen Ernährung ist eine Verbesserung des Gesundheitszustandes. So sollen Krankheiten gelindert werden. Die Basische Ernährungsweise ist also keine „Diät“, sondern eine langfristige und dauerhafte Ernährungsumstellung für die Verbesserung der psychischen und physischen Gesundheit.

Die Grundlage der Basischen Ernährung

Was ist eigentlich eine Base und was ist eigentlich eine Säure? Und wie wirken Säuren und Basen auf den menschlichen Körper ein? Um die Basische Ernährungsweise zu verstehen, ist es von Vorteil die biochemischen Vorgänge zu kennen.

Säuren geben Protonen, auch Wasserstoffionen (H+) genannt, ab. Je leichter sie diese abgeben, desto stärker ist die Säure. Je mehr dieser Protonen sich in einer Lösung befinden, desto saurer ist sie. Diese Säure kann durch Hydroxylionen (OH) neutralisiert werden. Um das Verhältnis von Wasserstoffionen und Hydroxylionen in einer Lösung anzugeben wird der PH-Wert verwendet. Wenn sich in einer Lösung gleich viele Hydroxylionen und Wasserstoffionen befinden, entsteht Wasser (H2O). Ein PH-

Wert, der niedriger als 7 ist, beschreibt also, dass mehr saure Wasserstoffionen in einer Flüssigkeit vorhanden sind. Ein PH-Wert, der höher als 7 ist, beschreibt eine basische Flüssigkeit mit einem Überschuss an basischen Hydroxylionen.

Das ist die grundsätzliche Erklärung für den PH-Wert, der dir dabei hilft die Basische Ernährung und die Vorgänge in deinem Körper besser zu verstehen.

Im menschlichen Körper gibt es vier Regionen mit verschiedenen PH-Werten:

1. Der Mund! Die Verdauung beginnt im Mund. Durch das Kauen und Enzyme im Speichel beginnt die Zersetzung von Lebensmitteln bereits im Mund. Um möglichst viele Enzyme in die Nahrung zu befördern, sollte man sich beim Kauen Zeit lassen. Im Mund sollte ein PH-Wert von 7-7,1 vorherrschen, also neutral bis basisch. Ein übersäuertes Milieu im Mund sorgt für Mundgeruch und einem unangenehmen Geschmack im Mund. Außerdem wird die Nahrung nicht mehr optimal zersetzt und es kann zu Schäden an den Zähnen kommen.

2. Der Magen! Der nächste Schritt in der Verdauung geschieht im Magen. Dort

ist ein saurer PH-Wert unter 7 notwendig, damit die Magensäure die Nahrung weiter in ihre Einzelteile zerlegen kann. Ist das Milieu im Magen zu sauer kommt es zu Übelkeit oder Sodbrennen.

3. Der Darm! Die dritte Station unserer Nahrung ist der Darm. Für eine optimale Verdauung ist ein leicht basisches Milieu perfekt. Falls der PH-Wert hier nicht ideal ist, kann es zu einer ganzen Reihe von unschönen Symptomen kommen. Einige davon sind Nährstoffmangel aufgrund der mangelnden Zersetzung der Nahrung, Hautprobleme, Verdauungsschwierigkeiten und vieles mehr!

4. Das Blut! Nachdem die aufgenommene Nahrung im Darm verdaut wurde, also in ihre Einzelteile aufgespalten wurde, gelangen die nützlichen Nährstoffe durch die Darmwand ins Blut. Die unnützen Stoffe werden ausgeschieden. Falls im Darm ein saures Milieu vorherrscht, wird durch die sauer angereicherten Nährstoffe das Blut auch sauer. Da das Blut den gesamten Organismus mit Nährstoffen versorgt, wird so der gesamte Körper übersäuert.

Ein optimaler PH-Wert für das Blut liegt zwischen 7,35-7,45. Durch einen massiven Nieren- oder Lungenschaden können diese PH-Werte unter 7,35 fallen.

Bereits Veränderungen des PH-Werts des Bluts von 0,01 kann große Auswirkungen auf den gesamten Körper und das Wohlbefinden haben. Die Übersäuerung des Blutes mit einem PH-Wert unter 7,35 wird auch Azidose genannt und die zu basische Zusammensetzung des Blutes mit einem PH-Wert über 7,45 wird Alkalose genannt.

Im Blut gibt es einige Puffersubstanzen wie Bikarbonat, die im Falle einer temporären Übersäuerung den Basen-Säure-Haushalt wieder ins Gleichgewicht bringen. Diese Puffersubstanzen werden unschädlich gemacht und vom Körper entsorgt. Eine Möglichkeit saure Stoffe auszuscheiden ist über die Lunge. Im Blut werden Säuren durch chemische Umwandlungsprozesse in Kohlendioxid umgewandelt und in die Kapillaren der Lunge transportiert. Dann kann das Kohlendioxid beim Ausatmen ausgeschieden werden. Dies ist der Grund warum man einen übersäuerten Körper an schlechtem Atem erkennen kann. Eine weitere Möglichkeit Säuren auszuscheiden ist über die Niere. Wasserstoffionen und

Ammoniumionen werden durch Urin ausgeschieden.

Um den genauen PH-Wert des Blutes zu bestimmen, muss arterielles Blut oder venöses Kapillaren-Blut entnommen werden. Die exakte Bestimmung des PH-Wertes geschieht also beim Arzt. Für eine langfristige Beobachtung des PH-Werts sind also regelmäßige Blutuntersuchungen alle paar Monate sinnvoll. Auch die Messung anhand von PH-Streifen, die den PH-Wert im Urin messen können eingesetzt werden. Diese Art der PH-Wert Kontrolle ist jedoch umstritten, da der Säuregehalt im Urin stark schwankt und keine umfassende Aussagekraft über die PH-Werte im Körper liefern kann. Manche Experten gehen sogar so weit, dass sie eine PH-Wert Messung durch das Blut als nicht vollständig repräsentativ für den Körper ansehen, da es im Körper bekanntlich mehr als einen PH-Wert zu messen gibt. Da es immer noch keine perfekte Messungsmethode für die Feststellung der idealen PH-Werte im Körper gibt, ergibt es an dieser Stelle Sinn sich vor allem auf sein eigenes Körpergefühl zu verlassen. Das zuverlässigste Anzeichen für einen gesunden PH-Wert im Körper ist Gesundheit und Wohlbefinden!

Was passiert also im Körper, wenn wir extrem Säurebildende Lebensmittel zu uns nehmen? Eine herkömmliche Fertig-Pizza im Supermarkt enthält eine ganze Reihe Säurebildender Inhaltsstoffe: Weizenmehl, Käse, Geschmacksverstärker, Konservierungsmittel und vieles mehr. Diese Säuren gelangen nun in den Mund, den Magen und den Darm, wo sie schließlich zersetzt und ins Blut abgegeben werden. Im Blut müssen diese Säuren dann neutralisiert werden, damit die Zellen im Körper nicht von den Säuren geschädigt werden. Mineralien wie Calcium, Kalium oder Magnesium können diese Säuren neutralisieren. Da diese Mineralien auch an anderen Bereichen des Körpers benötigt werden, kann es bei chronischer Übersäuerung somit zu Nährstoffmangel kommen!

Kapitel 2: Die Praxis

Nun kommen wir zum praktischen Teil der Basischen Ernährung, jetzt wo du alle nötigen Hintergrundinformationen hast! Hier wirst du einige Beispiele und Definitionen für Basische Lebensmittel finden. Da es in regelmäßigen Abständen neue wissenschaftliche Erkenntnisse über Basische Lebensmittel und die Basische Ernährungsweise gibt, ist es sinnvoll sich über die Basischen Lebensmittel im Internet zu informieren.

Eine kurzzeitige rein Basische Ernährung ist zum Entschlacken des Körpers optimal geeignet, jedoch nicht für eine dauerhafte gesunde Ernährungsweise. Die basische Ernährung zielt vor allem auf eine Ernährung mit einem Überschuss an basischen Lebensmittel ab, so dass basische und Säure bildende Lebensmittel in einem Verhältnis von 80:20 oder 70:30 stehen.

Falls es bei einem Essen bei Freunden Mahlzeiten gibt, die nicht in diesem 80:20 oder 70:30 Verhältnis stehen, dann ist das nicht schlimm. Dein Körper kann dies ohne weiteres verkraften und die Teilnahme an sozialen Aktivitäten sollte bei einem solchen Essen im Vordergrund stehen.

Es gibt Extremformen der Basischen Ernährungsweise, wie das vegane basische Fasten oder das rohköstliche basische Fasten von 10 bis 14 Tagen. Dies wirkt vor allem entgiftend und eignet sich wunderbar für einen Start in ein neues Leben mit einer überwiegend basischen Ernährung oder einer Kur zwischendurch!

Eine weitere Idee ist, einen festen Tag in der Woche ausschließlich basische Lebensmittel zu verzehren. Als Ausgleich zu Tagen an denen schlechte Säure bildende Lebensmittel verzehrt wurden. In unserem Alltag ist es nicht immer einfach eine besondere Ernährungsweise tagtäglich beizubehalten. Treffen mit Freunden, Festlichkeiten oder andere Anlässe können unsere Ernährungspläne durcheinander bringen und das sollen sie auch! Genieße ohne Reue oder schlechtes Gewissen auch diese Mahlzeiten, die nicht in deinen Ernährungsplan passen. Du solltest dich nicht selbst aufgrund von einer besonderen Ernährungseinstellung von sozialen Aktivitäten ausschließen. Es ist nicht notwendig auf einen Grillabend mit Freunden zu verzichten oder anderen die eigene Ernährungsweise aufzudrängen. Sorge vielmehr dafür, dass du zu Hause deine

Basische Ernährungsweise meisterst und ab und an einen ausschließlich basischen Tag einlegst. Gehe deine Ernährung entspannt an und setzte dich nicht selbst mit unrealistischen Zielen unter Druck. Essen soll Spaß machen!

Die Basische Ernährung bietet dir viele gesundheitliche Vorteile. Dein Blutdruck wird sich stabilisieren, die PH-Werte in deinem Körper werden reguliert und Gelenkschmerzen, Gicht, Cellulite, Karies, Krebs, Rheuma und viele weitere Krankheiten können gelindert oder sogar geheilt werden, wenn ein gestörtes Säure-Basen-Verhältnis ursächlich für die Krankheit ist. Durch die vielen Mineralstoffe und Vitamine versorgst du deinen Körper optimal mit Nährstoffen, was präventiv gegen Erkältungskrankheiten und Alterskrankheiten wirkt. Nach einiger Zeit der Entwöhnung von Geschmacksverstärkern wird sich dein Geschmackssinn regenerieren und du wirst verschiedene Geschmacksnuancen wieder viel intensiver wahrnehmen! Auch das Verhältnis zu Lebensmitteln und der Zubereitung der Nahrung wird sich positiv verändern. Neben der Wertschätzung von bestimmten Lebensmitteln und dem intensiven Auseinandersetzen mit den Bestandteilen der Nahrung, wirst du einige neue

Zubereitungsformen von Lebensmitteln kennen lernen. Allgemein positive Effekte sind mehr Energie und Gewichtsverlust. Da es sich um eine langfristige und hoffentlich dauerhafte Ernährungsumstellung handelt, kann es nicht zu dem berühmten „Jojo-Effekt“ kommen! Du wirst also dein Idealgewicht einfach halten können.

Basische Lebensmittel

Basische Lebensmittel enthalten viel Kalium, Magnesium, Eisen, Kalzium und Natrium. Diese Mineralstoffe können Säuren neutralisieren. Auch weisen diese Lebensmittel einen geringen Wert an Säure bildenden Aminosäuren auf und regen die körpereigene Basenbildung an. Basische Lebensmittel hinterlassen keinerlei Stoffwechselrückstände im Körper und regen durch ihren hohen Anteil an entzündungshemmenden Antioxidantien die Vitalisierung des Körpers an. Die meisten Basischen Lebensmittel weisen zudem einen hohen Wasseranteil auf, was beim Ausschwemmen von Säuren und Schlacken über die Nieren hilfreich ist.

Basische Lebensmittel sind:

- Basenpulver
- Saftpulver
- Samen
- Körner
- Algen, wie Spirulina und Chlorella
- Tee, wie Hagebutte, Salbei, Rooibos, Fenchel, Pfefferminz, Kamille und Grüner Tee
- Rohmilch, Buttermilch, Butter, Sahne
- Trockenfrüchte
- Bienenhonig
- Gemüse, wie Algen, Artischocke, Avocado, Austernpilze, Auberginen, Blattsalate, Blumenkohl, Bohnen, Chicorée, Chinakohl, Champions, Erbsen, Endivien, Erdmandel, Esskastanie, Fenchel, Frühlingszwiebel, Feldsalat, Gräser, Grünkohl, Gurken, Kürbis, Kräuter, Kohl, Kohlrabi, Kartoffeln, Lauch, Linsen, Löwenzahn, Möhren, Mangold, Morchel, Okraschoten, Oliven,

Pfifferlinge, Paprika, Pastinaken, Radieschen, Rosenkohl, Rotkohl, Rote Beete, Rhabarber, Rettich, Sellerie, Sprossen, Spinat, Spitzkohl, Schwarzwurzel, Schalotten Süßkartoffel, Steinpilze, Spargel, Shiitake, Steinpilz, Tomaten, Trüffel, Zucchini und Zwiebeln

- Reifes Obst, wie Ananas, Aprikosen, Apfel, Bananen, Birne, Clementinen, Datteln, Erdbeeren, Feigen, Grapefruits, Honigmelone, Himbeeren, Heidelbeeren, Johannisbeeren, Kirschen, Kiwi, Limette, Mango, Mirabellen, Mandarinen, Nektarinen, Orangen, Pampelmuse, Pflaumen, Preiselbeeren, Pfirsiche, Sauerkirschen, Stachelbeeren, Trauben, Quitten, Weintrauben, Wassermelone, Zwetschgen und Zitronen

Die 10 basischsten Lebensmittel sind Schwarzer Rettich, Oliven, Keimlinge, Erdmandel, Sesam, Sesam-Salz, Bananen, Äpfel, Kartoffeln und frische Kräuter. Schwarzer Rettich lässt sich wunderbar geraspelt oder sehr fein geschnitten in Salaten und Dips verwenden. Je dunkler die Oliven sind, desto basischer sind sie. Achte beim Kauf darauf, dass die Oliven nicht mit Eisencluconat eingefärbt wurden, das macht sie zwar schwarz, aber nicht basisch. Keimlinge sind frisch gekeimte Samen, die sich ideal in Brot, Müsli oder Smoothies untermischen lassen. Die Erdmandel ist eine knollenartige Wurzel eines tropischen Grases. Aufgrund ihres süßen Geschmacks kannst du sie zum Backen oder Garnieren verwenden. Sesam ist nicht nur basisch, sondern enthält auch ungemein viele für den Körper wichtige Nährstoffe. In Smoothies, Müsli, Brot oder Desserts kannst du Sesam leicht unterbringen. Sesam-Salz ist auch unter dem Namen Gomasio bekannt und schmeckt leicht nussig. Ein toller Ersatz zu herkömmlichen Salz! Bananen haben einen hohen Anteil an Kalium, dies macht sie so unglaublich basisch. Sie eigenen sich wunderbar als Grundlage für Smoothies oder Desserts und machen dabei sehr satt. Äpfel kannst du sehr leicht in deine tägliche Ernährung einbauen als Snack zwischendurch, als Basis für Obstsalate, in Säfte, Smoothies und vielen anderen Formen. Sie sind wie Kartoffeln das ganze Jahr verfügbar. Frische Kräuter dürfen in keiner gesunden Küche fehlen. Wenn du einen grünen Daumen hast, kannst du sie auf deiner Fensterbank züchten, sodass du immer frische Kräuter zur Hand hast.

Schlechte Säure bildende Lebensmittel

Saure Lebensmittel schmecken nicht unbedingt sauer, sondern sie werden als saure Lebensmittel bezeichnet, weil sie die Bildung von Säuren im Körper auslösen. Säure bildende Lebensmittel enthalten einen hohen Anteil an Jod, Schwefel, Chlor und Phosphor, die im Körper zu Säuren umgewandelt werden. Tierische Produkte, Fertigprodukte, Süßigkeiten, Alkohol und Kaffee enthalten diese Mineralien. Zusätzlich enthalten sie Säure bildende Aminosäuren, die saure Stoffwechselrückstände im Körper zurück lassen. Der niedrige bis nicht vorhandene Vitamingehalt und Wassergehalt dieser Lebensmittel kann nicht zum basischen Ausgleich dieser Säure bildenden Eigenschaften führen.

Auch Mineralwasser und Milch sind Säure bildend, allerdings vertragen manche Menschen leichtes Mineralwasser, Rohmilch oder Ziegenmilch gut und können diese zu ihrer Basischen Ernährung hinzufügen.

Weitere schlechte Säure bildende Lebensmittel sind Essig, Ketchup, Speiseeis, Süßungsmittel, Senf, Sauerkonserven, tierische Produkte aus konventioneller Landwirtschaft und Zucker. Koffeinhaltige,

Alkohol enthaltende und stark verarbeitete Lebensmittel finden also bei der Basischen Ernährung keinen Platz im Speiseplan. Getreideprodukte, wie Nudeln, Brot, Kuchen, Gebäck, Müsli und ähnliches, glutenhaltige Lebensmittel und Wurstersatzprodukte sind allesamt schlechte Säure bildenden Lebensmittel, weswegen auch diese Lebensmittel bei der Basischen Ernährung nicht zum Speiseplan gehören.

Alkohol und Zigaretten gehören wohl mit zu den schlechtesten Säure bildenden Stoffen. Das Rauchen transportiert viele Säure bildenden Stoffe ins Blut und schränkt die Lungenfunktion enorm ein, wodurch die Säuren nicht mehr über die Atmung aus dem Körper entlassen werden können. Wer täglich Alkohol konsumiert, belastet seine Nieren enorm. Auch hier wird eine Menge Säure in den Körper transportiert, die durch die nicht mehr ideal funktionierenden Nieren nicht mehr ausgeschieden werden kann. Auch benötigt der Abbau von Alkohol Mineralstoffe wie Natrium, Zink, Magnesium und Kalzium, was auf langer Sicht zu einer Unterversorgung mit diesen Mineralien führt. Die zusätzlich entwässernde Wirkung von Alkohol ist mit ein Grund für eine nicht ausreichende Ausschwemmung von Säuren aus dem Körper. Denn für die optimale Ausscheidung der Säuren ist eine Menge

Wasser im Körper notwendig. Auch kann der Konsum von Alkohol dazu führen, dass das Milieu im Magen zu sauer wird, was Sodbrennen und ähnliche Symptome zur Folge hat.

Ein regelmäßiger, täglicher Konsum von Zigaretten und Alkohol wirkt stark Säure bildend und ist auch durch eine basische Ernährung nicht aufzufangen. Es ist nichts gegen gelegentliches Rauchen oder Trinken einzuwenden, solange dies nicht eine fest etablierte Routine ist. Wenn ein Glas Wein oder eine Gelegenheitszigarette beim Abend mit Freunden dazu gehört, dann solltest du dir dies auch ohne schlechtes Gewissen gönnen! Durch die Basische Ernährung hat dein Körper mehr als genügend Ressourcen um die Säuren abzufangen und auszuschwemmen! Vernachlässige deine sozialen Aktivitäten und Kontakte nicht aufgrund deiner Ernährung, dies wäre gleichbedeutend schädlich, wie eine Übersäuerung des Körpers.

Gute Säure bildende Lebensmittel

Nicht alle Säure bildenden Lebensmittel sind für den Körper schädlich. Einige Säure bildenden Lebensmittel benötigt der Körper sogar, weil sie zur Kategorie der guten Säure bildenden Lebensmittel gehören.

Ziel der Basischen Ernährung ist es diese guten Säure bildenden Lebensmittel mit in den Speiseplan aufzunehmen und die schlechten Säure bildenden Lebensmittel vom Speiseplan zu verbannen.

Gute Säure bildende Lebensmittel sind beispielsweise Fisch, Gerste, Dinkel, Nüsse, Hülsenfrüchte, Amaranth, Buchweizen, Hirse, Quinoa, Vollkorngetreideprodukte wie Bulgur und Couscous, Hafer und Haferflocken, naturtrüber Apfelessig, Vollkornreis, rohes Kakaopulver, Mais, Nüsse, pflanzliches Proteinpulver, Tofu und tierische Produkte aus ökologischer Landwirtschaft. Hier ist allerdings anzumerken, dass ökologisch produzierte tierische Produkte durch den Verzicht auf Zusatzstoffe, Pestizide und ähnlichem zu den guten Säure bildenden Lebensmitteln gezählt werden, während die tierischen Produkte aus nicht ökologischer Landwirtschaft zumeist eine Vielzahl von sauren Zusatzstoffen enthalten und somit nicht zu den guten Säure bildenden Lebensmitteln gezählt werden können.

Nachricht an den Leser

Lieber Leser, liebe Leserin,

leider hat dieses Buch nur Schwarz-Weiß Bilder. Wir hätten sehr gerne das Buch in Farbe drucken lassen, jedoch sind wir nur ein sehr kleiner Verlag. Daher sind die Druckkosten sehr hoch und wir hätten dieses Buch nicht unter 20€ anbieten können, was unangemessen teuer ist.

Als kleine Entschuldigung würden wir Ihnen gerne das Buch als PDF mit Farbbildern zusenden.

Schreiben Sie uns einfach eine E-Mail an:

dein.buecher.shop@gmail.com

Wir hoffen auf Ihr Verständnis.

Kapitel 3: Basische Rezepte für das Frühstück

Nun, da du die chemischen Grundlagen und die praktischen Hinweise zur Basischen Ernährung kennst, bist du nun bereit für Basische Rezepte!

Für die Zubereitung der Gerichte sind ein Standmixer, ein Entsafter und ein Dörrgerät von Vorteil. Die Zubereitung dieser Gerichte dauert im Durchschnitt länger als das Aufwärmen einer Fertigpizza. Wer das Kochen mit frischen Lebensmitteln gewohnt ist, dem wird die Umstellung nicht schwer fallen. Beim Zubereiten von basischen Mahlzeiten sind Kreativität und Lust am Kochen gefragt!

Lebensmittel, die auf keinen Fall zu einem Frühstück der Basischen Ernährung gehört sind Kaffee, Fleisch, Fisch, Käse, Wurst, Brotaufstrich, Backwaren oder Milchprodukte.

Was sich für ein Frühstück der Basischen Ernährungsweise eignet sind:

- Frisch gepresste Gemüsesäfte aus Möhren, Gurken und allem, was dir schmeckt!

- Frisch gepresste Grassäfte aus Weizen-, Dinkel, Kamut- oder Gerstengras. Oder einer Mischung dieser Gräser!

- Frisch gepresste Obstsäfte aus Ananas, Äpfeln oder Birnen.

- Frisch gepresste Obst-Gemüsesäfte, wie Apfel-Möhre-Zitronen-Saft

- Frisch zubereitete Smoothies wie Melone-Spinat-Zitrone-Smoothie.

- Frisch zubereitete Algendrinks aus Pulver von Spirulina, Chlorella oder Afa-Algen. Idealerweise ist die Basis dafür ein frisch gepresster Saft!

- Frisch zubereitete Fruchtshakes mit einem frischen Saft als Basis und einem Zusatz von Mandelmus, Kokosmus oder Chiasamen.

- Mandelmich

- Lupinenkaffee

- Früchte

- Frisch zubereitete Fruchtcreme, die aus frischen Früchten und Honig besteht, die in einem Mixer zu einer köstlichen Creme verarbeitet werden.

- Suppen

- Salate
- Gemüsesticks
- Gedämpftes Gemüse
- Brot aus Keimlingen
- Müsli aus Keimlingen und Obst

Bei der Zubereitung der Säfte, Fruchcremes, Fruchtshakes und Smoothies ist der Fantasie keine Grenze gesetzt!

Ein basenüberschüssiges Frühstück mit einem Verhältnis von 70:30 zu guten Säure bildenden Lebensmitteln kann beispielsweise aus basischem Brot mit Butter und Ei, einem frisch gepressten Gemüsesaft und einem Obstsalat bestehen.

Fruchtsalat

Du benötigst: ¼ Ananas, 1 Banane, ½ Mango, 200g Erdbeeren, etwas Wasser und eine Hand voll Mandeln.

So geht es: Schäle und schneide die Banane, die Ananas und die Mango in mundgerechte Stücke. Gebe das Obst in eine Schale. Mixe die Erdbeeren mit ein wenig Wasser im

Mixer, bis eine cremige Erdbeersoße entsteht. Gieße diese Soße über deinen Fruchtsalat und garniere ihn mit den Mandeln. Fertig!

Möhrensaft

Du benötigst 500g Möhren, ½ Zitrone und ein kleines Stück Ingwer.

So geht es: Schäle den Ingwer und die Zitrone, schneide die Enden der Möhren ab. Gebe alles in einen Entsafter. Fertig!

Dieser Saft lässt sich natürlich mit allen nur denkbaren Früchten und Gemüse kombinieren und auch als Grundlage für Smoothies oder ähnliches nutzen.

Spinat-Smoothie

Du benötigst: 200g Spinat, ¼ Zitrone, 350ml frisch gepressten Orangensaft oder Gurkensaft.

So geht es: Füge alle Zutaten in einen Mixer und verarbeite sie zu einem sämigen Smoothie.

Dieser Smoothie lässt sich mit allen Obst- und Gemüsesorten variieren!

Frühstückssuppe

In asiatischen Ländern gibt es zum Frühstück auch Suppe, was wir in Europa so nicht unbedingt gewohnt sind. Leichte Brühen oder aufgewärmte Suppen vom Vortag eigenen sich wunderbar für ein reichhaltiges Frühstück!

Das benötigst du: 250g Kürbis, 2 Möhren, 1 Zwiebel, ein kleines Stück Ingwer, Öl zum Braten und Wasser. Brühpulver nach Belieben.

So geht es: Schäle das Gemüse und brate es in ein wenig Öl an. Gieße dann Wasser an und lasse alles für einige Minuten köcheln, bis das Gemüse weich ist. Nach Belieben kannst du Brühpulver zur Suppe hinzufügen und diese pürieren. Fertig!

Suppen lassen sich auf vielfältige Weise mit eigentlich jedem Gemüse zubereiten!

Brot aus Keimlingen

Das benötigst du: Dörrgerät, Keimlinge, Mandeln, Kerne, Salz und etwas Wasser.

So geht es: Mische alle Zutaten zu einem eher trockenen Teig und gebe ihn portionsweise ins Dörrgerät. Nach 5 bis 10 Stunden kannst du dein Brot entnehmen und genießen!

Dieses Rezept lässt sich mit Trockenfrüchten, Gewürzen oder ähnlichem prima in herzhaften und süßen Varianten abändern. Auch durch die Variation der Dörrzeit kann von Knäckebrot bis Bratling alles hergestellt werden. Brot aus Keimlingen kannst du natürlich auch im Bioladen kaufen, achte dabei darauf, dass es kein Mehl enthält!

Frühstücks-Salat

Du benötigst: 3 Tomaten, ½ Gurke, 1 Paprika, 1 Avocado, frische Kräuter, ¼ Zitrone, Gewürze, etwas Wasser, Öl und Essig.

So geht es: Schneide das Gemüse bis auf die Avocado in mundgerechte Stücke und rühre eine Sauce aus Gewürzen, gehackten frischen Kräutern, Öl und Essig an. Gebe die Sauce über das Gemüse. Schäle und entkerne die Avocado, püriere sie dann mit einem Schuss Wasser, dem Saft der Zitrone und Gewürzen zu einer sämigen Creme. Reiche die Creme zum Salat. Fertig!

Müsli aus Keimlingen

Das benötigst du: Keimlinge, Mandelmilch, Obst nach Belieben.

So geht es: Die Keimlinge mit kleingeschnittenem Obst und Milch mischen. Genießen!

Es gibt unglaublich viele Möglichkeiten dieses Müsli zu variieren. Probiere doch einmal verschiedene Keimlinge mit verschiedenen Obstsorten aus!

Kapitel 4: Basische Snacks

Basische Snacks können mit ein wenig Lust zum Kochen selbst zubereitet werden.

Als basische Snacks eigenen sich Smoothies, Gemüsesticks mit Dip, Salate, Chia-Pudding und vieles mehr.

Im Folgenden erhältst du einige Anregungen in Form von Rezepten, die du ganz einfach nach Belieben variieren kannst!

Snack-Smoothie

Das benötigst du: 1 Apfel, ½ Banane, Saft von 2 Orangen, 1 TL Weizengraspulver, eine Handvoll Spinat, 1 EL Mandelmus, 200 ml Wasser.

So geht es: Mixe alle Zutaten so lange in einem Mixer, bis eine sämige Konsistenz erreicht ist. Fertig!

Dieser Smoothie lässt sich mit allen Obst- und Gemüsesorten, Kokosmus, Gewürzen oder ähnlichem variieren.

Gemüsesticks mit Dip

Das benötigst du: 2 Möhren, 1 Paprika, 1/4 Gurke, 1/2 Zitrone, 1 Dose gekochte Kichererbsen, 1 Knoblauchzehe, Olivenöl, Tahini-Paste, Kreuzkümmel, Salz, Pfeffer, etwas Wasser.

So geht es: Wasche, schäle wenn nötig und schneide das Gemüse in Streifen. Halbiere die Avocado und entferne den Kern. Mixe die Avocado mit dem Saft einer Viertel Zitrone, Salz, Pfeffer und etwas Wasser und bereite eine sämige Avocadocreme zu. Fülle die Creme in eine Schüssel und gebe dann die gekochten Kichererbsen, den Saft einer Viertel Zitrone, 2 EL Tahini-Paste, 1

Knoblauchzehe, einen Schuss Wasser und 4 EL Olivenöl in den Mixer. Mixe die Zutaten, sodass eine cremige Hummus-Paste entsteht. Fülle den zweiten Dip in eine Schüssel und serviere das Gemüse mit den zwei Dips. Fertig!

Schichtsalat im Glas

Was du benötigst: 5 getrocknete Tomaten, 1 kleine Süßkartoffel, grünes Pesto, Sprossen, Humus.

So geht es: Schäle die Süßkartoffel und schneide sie in mundgerechte Stücke. Koche oder brate diese Stücke. Fülle nun die einzelnen Salat-Schichten in ein Glas. Beginne mit Humus, getrockneten Tomaten, Pesto, Süßkartoffeln und zum Schluss Sprossen.

Dieser Salat lässt sich natürlich mit verschiedenen Dips und verschiedenen Gemüsesorten variationsreich abändern. Eignet sich auch gut zum Mitnehmen!

Chia-Pudding

Das benötigst du: 2 EL Chiasamen, 150 ml Wasser oder Mandelmilch und nach Belieben Kokosblütenzucker, roher Kakao, Zimt, Beeren.

So geht es: Vermische die Chiasamen mit dem Wasser und stelle die Mischung über Nacht in den Kühlschrank. Am nächsten Morgen kannst du ganz einfach deine leckeren Extras untermischen und einen tollen Pudding genießen!

Kapitel 5: Der basische Nachtisch

Es gibt natürlich Unmengen von basischen Rezeptideen für den basischen Nachtisch. Im Folgenden erhältst du einige Anregungen. Achte beim Zusammenstellen deiner Mahlzeiten darauf, dass du ein Verhältnis von Basen und Säuren von 70:30 oder 80:20 ansteuerst.

Basisches Eis

Das benötigst du: 200 ml frisch gepressten Organgensaft , 2 EL weißes Mandelmus, 8 Datteln ohne Stein, 400 g gewürfelte eingefrorene Früchte nach Wahl.

So geht es: Schäle und schneide die Früchte am Vortag, sodass sie über Nacht im Gefrierfach einfrieren können. Gebe den Orangensaft, das Mandelmus und die Datteln in einen Mixer und püriere alles zu einer homogenen Masse. Gebe dann die gefrorenen Früchte dazu und mixe alles grob durch. Serviere das Eis sofort, damit es beim Verzehr kalt ist.

Dieses Eis kannst du natürlich mit allen erdenklichen Zutaten variieren.

Basischer Kuchen

Der basische Kuchen wird ein wenig anders als herkömmlicher Kuchen zubereitet. Beim basischen Kuchen wird ein Boden aus eingeweichten Nüssen oder ähnlichem wird mit Belag nach Belieben belegt. Der Boden des Kuchens kann je nach verwendeten Lebensmitteln brüchig sein, weswegen es sinnvoll ist den Boden auf der Platte zuzubereiten, auf der der Kuchen auch später serviert wird.

Das benötigst du für den Boden: 300g Nüsse (Mandeln und Walnüsse eigenen sich besonders gut), 1 Orange, 5 Datteln und nach Belieben Kokosflocken, Zimt oder Vanille.

So geht´s: Weiche die Nüsse über Nacht in Wasser ein. Schütte die Nüsse am nächsten Tag ab und gebe sie mit dem Saft der Orange und den Datteln in einen Mixer, wo du sie zu einem homogenen Teig pürierst. Forme aus dem Teig einen Ball und streiche ihn auf einer Platte glatt. Der ungefähr 1-2 cm dicke Boden kann nun nach Belieben mit Kokosflocken, Zimt oder Vanille verfeinert werden.

Das benötigst du für die Sauce: 4 Datteln, 10 Himbeeren, ein wenig Wasser.

So geht es: Püriere alle Zutaten zu einer homogenen und nicht zu flüssigen Paste, die du dann gleichmäßig auf dem Kuchenboden verteilst.

Das benötigst du für den Belag: 100g Erdbeeren oder Obst nach Belieben.

So geht´s: Schneide das Obst in feine Scheiben und belege deinen Kuchen damit.

Dieser Kuchen lässt sich natürlich nach Lust und Laune variieren mit den verschiedensten Nüssen, Früchten, Gewürzen und Blüten!

Kapitel 6: Die basische Hauptmahlzeit für mittags und abends

Generell bieten sich Salate und Suppen für eine basische Hauptmahlzeit an. Als Beilage kann ausgewählter Fisch, Fleisch oder Reis stehen. Achte auch hier darauf, dass die basischen und Säure bildenden Lebensmittel in einem Verhältnis von 80:20 oder 70:30 stehen!

Im Folgenden erhältst du einige Anregungen, die du nach Herzenslust erweitern und variieren kannst! Mit einem Spiralschneider lassen sich aus Gemüse ganz einfach Spaghetti schneiden, die du roh oder gekocht, mit Sauce, zum Salat oder als Beilage zu Fisch und Fleisch genießen kannst!

Kartoffelpfanne

Das brauchst du: 500g Kartoffeln, 400g grüne Bohnen, 2 Zwiebeln, Thymian, Bohnenkraut, Olivenöl, Salz, Pfeffer

So geht es: Schäle und gare die Kartoffeln in kochendem Salzwasser bissfest. Wasche die Bohnen, schneide die Enden ab und blanchiere die Bohnen 5-8 Minuten in kochendem Salzwasser. Schneide die Kartoffeln und Zwiebeln klein und gebe alle Zutaten zum Anbraten in eine große Pfanne. Nach ungefähr 10 Minuten sollte alles gut angebraten sein. Fertig!

Gefüllte Tomaten

Das benötigst du: 6 große Tomaten, 200g Brokkoli, 1 rote Paprika, 1 Zwiebel, 1 Knoblauchzehe, 100g Tofu, Olivenöl, Basilikum, Salz, Pfeffer

So geht es: Heize den Backofen auf 160 Grad vor. Den Brokkoli, die Zwiebeln, den

Knoblauch und den Tofu in kleine Stücke schneiden und mit dem Olivenöl in einer Pfanne anbraten. Anschließend mit Basilikum, Pfeffer und Salz abschmecken. Schneide den oberen Teil der Tomate ab, sodass du sie aushöhlen kannst. Befülle die Tomaten mit der Brokkoli-Tofu-Mischung und gebe sie für 20 Minuten in den Backofen. Guten Appetit!

Dinkel Pasta mit Gemüse

Das benötigst du: 300g Dinkelpasta, 1 Aubergine, 2 Tomaten, 1 Knoblauchzehe, 1 Zucchini, Oregano, Basilikum, Olivenöl, Salz, Zucker, ½ Tasse Gemüsebrühe

So geht es: Setzte Wasser für die Nudeln auf. Schäle den Knoblauch und die Zwiebel. Schneide die Zwiebeln, den Knoblauch, die Aubergine und die Zucchini in kleine Stücke und brate sie mit dem Olivenöl in einer Pfanne an. Schneide in der Zeit die Tomaten klein und gebe sie in die Pfanne. Nun sollte das Wasser für die Nudeln kochen. Gebe etwas Salz und die Nudeln dazu, koche die Nudeln bis sie bissfest sind. Gebe nun die Gemüsebrühe, die Gewürze und die Kräuter in die Pfanne und lass alles abgedeckt einige Minuten köcheln. Serviere die Sauce mit den Nudeln.

Dazu passt prima ein kreativer mediterraner Salat oder eine Fischbeilage!

Kapitel 7: Kritik an der Basischen Ernährung

Diese Ernährungsweise wird zwar seit Jahrzehnten erforscht, jedoch liegen bis heute keine Studien vor, die die der Basischen Ernährungsweise nachgesagten positiven Effekte wissenschaftlich bestätigen. Auch ist nicht wissenschaftlich belegt, dass Säuren der Hauptgrund für das Ausbrechen von Krankheiten ist oder nur ein Nebenfaktor.

Ein weiterer Kritikpunkt ist, dass kein natürliches Lebensmittel immer den gleichen PH-Wert aufweist. Das heißt, dass man zwar die durchschnittlichen PH-Werte für Lebensmittel kennt, aber der PH-Wert von Banane zu Banane unterschiedlich ist und Schwankungen unterliegt. So zeigen Tabellenwerte immer nur Durchschnittswerte, niemals den wirklichen PH-Wert jedes Lebensmittels.

Die Auffassung, dass eine ausschließlich Basische Ernährung für den Körper von Vorteil ist, ist widerlegt. Der Körper benötigt sowohl Säuren, als auch Basen. Die Basische Ernährung empfiehlt also einen Überschuss an basischen Lebensmittel zu verzehren und einen kleinen Anteil an Säure bildenden Lebensmittel.

Im Alltag wird die Basische Ernährung vor allem dafür kritisiert, dass das Zubereiten von frischen Lebensmitteln und das Lagern der frischen Lebensmitteln aufwändig sei. Auch sind bei der Basischen Ernährung ökologisch erzeugte Lebensmittel vorzuziehen, was kostenintensiv sein kann.

Kritisiert wird, dass eine zu Basische Ernährung schädlich auf den Körper wirkt, da dieser von Zeit zu Zeit gute Säure bildenden Lebensmittel benötigt. Es kann mitunter kompliziert sein, sich auf ein gutes Verhältnis von Säuren und Basen einzulassen und dies in den Alltag zu integrieren. Aber mit ein wenig Übung wird dies zur Routine und kostet dann auch weniger Mühe. Wichtig ist, die Ernährungsweise entspannt zu sehen und eine lockere Herangehensweise zu pflegen, um eine übermäßige Identifizierung mit einer Ernährungsweise bis hin zu Essstörungen zu vermeiden.

Möglicherweise verändern sich soziale Kontakte durch die neue Ernährungsweise. Die tägliche Portion Pommes in der Mittagspause mit den Kollegen passt nicht zu einer Basischen Ernährung. Achte darauf, dein soziales Umfeld nicht zu vernachlässigen und greife auf vorbereitete „To Go-Portionen“

zurück und gönn dir auch mal einen „Ausrutscher“ ohne Reue!

Nachricht an den Leser

Lieber Leser, liebe Leserin,

leider hat dieses Buch nur Schwarz-Weiß Bilder. Wir hätten sehr gerne das Buch in Farbe drucken lassen, jedoch sind wir nur ein sehr kleiner Verlag. Daher sind die Druckkosten sehr hoch und wir hätten dieses Buch nicht unter 20€ anbieten können, was unangemessen teuer ist.

Als kleine Entschuldigung würden wir Ihnen gerne das Buch als PDF mit Farbbildern zusenden.

Schreiben Sie uns einfach eine E-Mail an:

dein.buecher.shop@gmail.com

Wir hoffen auf Ihr Verständnis.

Schlusswort

In diesem Buch hast du gelernt, dass die Basische Ernährung leicht und ohne großen Aufwand umzusetzen ist, wenn man das nötige Hintergrundwissen hat. Zusammengefasst die wichtigsten Punkte der Basischen Ernährung:

- Vermeide schlechte Säure bildende Lebensmittel, wie Fertiggerichte
- Sport, Vollbäder und Saunagänge helfen beim ausschwemmen von Säuren im Körper
- Bereite deine Nahrung frisch zu
- Verwende viel Obst und Gemüse!

Denk daran, dass es sich nur um eine Ernährungseinstellung handelt und bewahre dir Humor und „Cheat Days“! Ein Bier mit Freunden ist mindestens genauso wichtig wie ein Basisches Frühstück!

Um die eigenen Ernährung umzustellen, bedarf es viel Mut und Motivation. Ich hoffe, du kannst dir dies bewahren und durch eine langfristig gesündere Ernährung von den positiven Effekten auf deine Gesundheit profitieren

Impressum

Impressum und Verlag Sophia Thiemann

c/o Papyrus Autoren-Club, R.O.M. Logicware GmbH Pettenkoferstr. 16-18, 10247 Berlin

Cover-Foto: Drogatnev/
https://www.shutterstock.com/de/image-illustration/vegetarian-menu-cover-dieting-nutrition-illustration-622180058

Fotos: ©

margouillat photo/ www.shutterstock.com
g-stockstudio/ www.shutterstock.com
holbox/ www.shutterstock.com
Pressmaster/ www.shutterstock.com
Kurhan/ www.shutterstock.com
Billion Photos/ www.shutterstock.com
Olegganko/ www.shutterstock.com
Visual Generation/ www.shutterstock.com

Wichtiger Hinweis:

Die in diesem Buch enthaltenen Informationen dienen ausschließlich informativen Zwecken und dürfen unter keinen Umständen als Ersatz für eine professionelle Beratung oder

Behandlung durch ausgebildete und anerkannte Ärzte angesehen werden. Diese beinhalten keinerlei Empfehlungen bezüglich bestimmter Diagnose- oder Therapieverfahren. Die Inhalte dürfen niemals als eine Aufforderung zur Selbstbehandlung oder als Grundlage für Selbstdiagnosen und -medikation verstanden werden. Die Informationen spiegeln lediglich die Meinung des Autors wieder. Der Autor übernimmt für die Art oder Richtigkeit der Inhalte keine Garantie, weder ausdrücklich noch impliziert.

Sollten Inhalte des Buches gegen geltendes Recht verstoßen, dann bittet der Autor um umgehende Benachrichtigung. Die betreffenden Inhalte werden dann umgehend entfernt oder geändert.

Haftung für Links

Das Buch enthält Links zu externen Webseiten Dritter, auf deren Inhalte wir keinen Einfluss haben. Deshalb können wir für diese fremden Inhalte keine Gewähr übernehmen. Für die Inhalte der verlinkten Seiten ist stets der jeweilige Anbieter oder Betreiber der Seiten verantwortlich. Die verlinkten Seiten wurden zum Zeitpunkt der Verlinkung auf mögliche Rechtsverstöße überprüft. Rechtswidrige Inhalte waren zum Zeitpunkt der Verlinkung nicht erkennbar. Eine permanente inhaltliche Kontrolle der verlinkten Seiten ist jedoch ohne konkrete Anhaltspunkte einer Rechtsverletzung nicht zumutbar. Bei Bekanntwerden von Rechtsverletzungen werden wir derartige Links umgehend entfernen.

25026552R00038

Printed in Poland
by Amazon Fulfillment
Poland Sp. z o.o., Wrocław